現代歌人シリーズ
33

青い舌

山崎聡子

書肆侃侃房

青い舌＊もくじ

一．ダイアナ忌　9

装幀　花山周子

青い舌

一・ダイアナ忌

セブンティーンアイスクリーム前

君のべろが煙ったように白かったセブンティーンアイスクリーム前

ふくらんだお腹じゃまだなこのままで生きる灼熱の夏をしらない

うさぎ当番の夢をみていた血の匂いが水の匂いに流されるまで

腹にひとつ灯りをともし私たち生きてることを信じて歩く

砂鉄集めたことだってある手のひらであなたの子供時代を撫でる

牡蠣食べて震える舌よどこまでも私が生きるこの生のこと

あやめ祭　てんてんと立つ灯籠をたどって知らない沼地に来たの

父親の顔したひとを見ていたら次はあなたに産まれてしまう

銀色の鶴のかたちの文挟で切った前髪やわらかかった

尻尾にガスの匂いをさせる夕闇のバス、わたしたち、のまれてしまう

花の名前の若死にをした祖母よまた私があなたを産む春の雨

傷つけてその傷痕を照らしくる世界まぶしく君を迎えよ

赤い眼をして生きていて

小学生のころ、家に帰ると、
台所の換気扇の下で煙草を吸う母の姿をよく目にした。
母はおかえりも言わず、
ガス台にだるく凭れながら、
曇り硝子の張られた窓の外を見ていた。

夢にみる母は若くてキッチンにバージニアスリムの煙がにおう

細く煙がのぼって吸いこまれるまでを見ていたあなたに気づかれるまで

どうしてこの人に似てるんだろう夜の手前で暗さが止まって見えてた日暮れ

「あなたには何もないの」と言うときの目でアイシテル、母、アイシテル

雲梯をにぎって鉄の味がする両手をあなたの肩にまわした

花柄のワンピース汗で濃くさせた母を追って追って歩いた水路

十代が死んでくれない　強くあなたをなじって夏の終わりがきてる

甘い油のチキンライスを飲み込んだ実家の隙間だらけのキッチン

西瓜食べ水瓜を食べわたくしが前世で濡らしてしまった床よ

わたしはあなたにならない意思のなかにある淋しさに火という火をくべる

墨汁が匂う日暮れのただなかのわたしが死ねと言われてた道

菜の花は苦いと言って黙ってたピアノ帰りの墓地のほとりで

ともだちの子どもを抱いて右胸を破って鳴っている音を聴く

温度計

青屋根とそして電線　おさな子と切り離された窓を見ている

夕暮れに六時を告げる音が鳴り昼間をすべてさらってしまう

ぬるいシャワー昼の光で浴びながら私の胸の子供を起こす

クレヨンに似た匂いする髪の毛をわたしももっていたのよ、真昼

生き直すという果てのない労働を思うあなたの髪を梳くとき

水は苦しい光なんだよきれいだね　笑う温度計の白熊

ノースリーブから腕突き出して歩いてたわたしを君のなかに浮かべた

子どものあたまを胸の近くに抱いている今のわたしの心臓として

手のひらの湿原

夕立ちに子どものあたま濡れさせて役に立たない手のひらだった

脱がせたら湿原あまく香り立つわたしが生きることない生よ

ゆらゆらと揺すられる首支えれば腕は塑像のように静かだ

あの頃は前世だったと思いつつぼんぼん祭りの山車追いかける

無花果のかたちに口を尖らせて泣いたことある人たちの列

さみしいね体は生はこうやって濡れてぬぐって美しくする

海開きひとりで祝うビニールシート広げて去年の砂を逃がして

淋しくなる口

木犀を見ると淋しくなる口に小さな蜘蛛の歌うたわせる

幼稚園のことを言うとき光ってた目だったキルトの鞄の匂い

花柄のタオルケットで半袖の九月まぶしい腕を隠せり

濡れた口暗がりのなか光るけどあなたはわたしの顔も忘れる

膝を抱くその格好で築山でイロオニもタカオニも見ていた

祖母宅の暗いトイレを思い出すお腹に眠る子供くくって

湿った裸足が嫌だったけど同じことを繰り返しあなたにしなさいと言う

軋む床　ひとりひとりの空洞を埋めて夕方がやってくる

非常階段の錆びみしみしと踏み鳴らすいずれは死んでゆく両足で

喉仏わたしの子供にもなくて窪地を埋めるよう秋の雨

コスモスが祭壇めいて冗談のあなたの遺影を撮る秋まつり

三沢駅前

暗い目のやさしい鳥を見上げればあれはカラスという君の声

北を指す煙草もなくて色のない爪ゆらゆらと翳していたり

仏壇の匂いの野火よ金色のすすき野原を横切りゆけば

椰子の木が鉛筆みたいに細かったフェンスの網のむこうの基地は

愛の舌の根の乾かないうちに抱く私の小さな小さな子供

スナックの紫色の看板のおんなのひとの名前よ　かもめ

質問に過ぎない生を生きながら捨ててしまった片方の生

烏賊の白いからだを食べて立ち上がる食堂奥の小上がり席を

舌だしてわらう子供を夕暮れに追いつかれないように隠した

プールサイド

かぼそい声をあげる生きもの抱きあげる肩から垂れただるい両腕

灯籠のよう火のような橙《だいだい》の水着でプールに浮かんでいれば

淋しさの果てはここかな君の手を握ってプールの水をかぶった

背泳ぎで水の終わりに触れるとき音のない死後といわれる時よ

ドライヤーを濡れた額に吹きかけて熱風熱波わたしを過ぎる

小さいおまえと思うわたしの内側の怯えを黒い目に受け止めて

水泳帽のなかの髪の毛わたしから引き剝がされるようにもつれる

雨後の土に触れるわたしに絡みつく物語からとおく離れて

彼女は泳げない

育休とよばれる森よ　ほろほろの子供のほそい髪を透かして

子供らの熱をひざ上に乗せながら小さなカップケーキ分け合う

親であること泥のよう足首を摑んで熱いシャワーで洗う

淋しさを水に例えていうことの、子供をもっていることの、舟

連載の最終回を読み終えてわたしのいないビル群灯る

釣具屋の真っ黒かった犬の目をおもうおまえが目を見開けば

嘘泣きのあげく痺れた喉のまま眠る冷たい子供ベッドで

平たい胸をシンクの銀にぼやかして陽炎みたいに立っていた午後

死後にわたしの小さな点が残ることライターの火を掲げて思う

違う心の容れものひとつ抱いてゆく住宅街のなかのパン屋へ

ダイアナ忌

裸足に汗をかいててわたし身ひとつで小さい君の声をきいてる

シャッター街ががらがらと鳴る真昼間にこどもの熱いからだを抱いた

ハイエナの目が好きだって言ったっけここからとおい動物園で

目をつぶって泣けばまぶたの内側に赤い金魚がゆらゆらとする

ミルク瓶をかたむけている夕焼けの色を上手に塗れなかった手で

あなたを抉る夕日がくるよすべり台の銀のむきだしの背中のうえに

青い舌みせあいわらう八月の夜コンビニの前　ダイアナ忌

思春期

縄跳びに入れないままおしっこで湿る体を携えていた

クレーン車のふもとに立ってぐらぐらの首だったあなたの首だった

あいしてて憎いよ君は笑うとき何かに耐える表情をする

睫毛の影ほっぺに垂らし夕暮れの町の明滅いっしょに見よう

ココ・シャネルの映画を見ればあの夏のおでこの広い叔母を思えり

なんのまじないだったのだろう石鹼を箪笥のなかに入れていた祖母

足の小指の爪はちいさく丸まって思春期第二思春期いきる

夜を待つ　トイレのなかで泣き声を押し殺してた気持ちのままで

この世から繋ぎとめられてる気がしてた風吹き荒れる屋上広場

死に向かう　わたしたちって言いながらシロップ氷で口を汚して

舐めて味わいつくす世界よぽっかりと奥まで赤く照っている口

ドンジャラと初夏

蜃気楼をみたことがない　子とふたりしゃがんで噴水塔をみている

耳からの夏のにおいを嗅ぐ夕べわたしに過ぎた季節が太る

子のくちに真珠はそだち私たち引き返せない護岸にいるね

土ぼこり目に痛くって泣いているように見えてた友達おもう

パンジーを飛び越えていく児童館の庭にドンジャラの駒を埋めたの

山口百恵を後部座席でうたいつつ海に向かったワンピース着て

そうあなただったたの夢のお祭りで金魚のくろい目をみたもんね

クロールの腕の形をつくりつつ死ねって人に思われたこと

子の頭に帽子をのせて長生きをしてもしなくてもあなたをまもる

秋の子供

蟻に水やさしくかけている秋の真顔がわたしに似ている子供

水たまりを渡してきみと手をつなぐ死が怖いっていつかは泣くの

熊の檻の匂い　覚えておくために動物園にあなたとは行く

わからないことが多いからビニール袋しいて子供をそこに寝かせた

水禽の目をして君は立ち尽くす水いちめんを覆う西陽に

猫を探して歩いていったその路地でふたり迷子の顔をしたっけ

牛の目玉の水晶体を手のひらで光らせていた教師よ、射光

犬に追われた日

ときどき、子供のころに近所の釣具屋で飼われていた犬のことを思い出す。

その犬は、どす黒くて、大きくて、はあはあと息を吐きながらわたしを追いかけてきた。

あの湿った舌の感じ。ぎらぎらした眼。一生に一度飼うならあんな犬がいい、と思う。

わたしたちの小さな家族　百円玉を入れてパンダの首を揺らして

にせものの車に乗ってほんものの子供とゆけり冬のゴーカート場

火事のあとの住宅街のしずけさで抱くとき君はいつも黙った

うそみたいね、うそみたいねってきらきらの子ども売り場の顔のある月

鶏肉が生きてたときの体温のスープを飲ませる舌を出させて

あなたにはすべて見せたし南天を砂場の石のしたに埋めるね

手をほどく　わたしのうちの風穴を埋めていたのはそれだったのに

頼りなくてごめんねわたしオナモミをこんなにつけてごめんごめんね

犬を追うこどもをぼんやり見ていたら犬に追われた日の風がきた

風がたき火に混じるその日を冬と呼び風に十字を切って遊んだ

どくどくと笑う血管もっていた冬には硬くなる蝶々も

電子時計くらやみのなか光るけどあなたはあなたの夢をみなさい

聖火

魚グリルごうごう燃えるその夜をわたし聖火と呼んでまもった

スターターピストルわたしのなかにある遺志が弾丸みたいに走る

走るときの足を見ていて　円谷の遺書、スタジアムいっぱいの鳥

いない人の顔をしながら万国旗はためく下でバンザイしたの

アベベって祖母に呼ばれた冷蔵庫の前のへこんだ床に裸足で

水の中で開けると痛い目をもってあなたを見下ろしている真昼

採暖室に子どもを入れてごわごわのタオルで髪も胸も擦った

Girls

あてどなく温水プールに浮かべてる赤いヒトデの水着の子ども

痛かったことはしなくていいからね白く煙った氷を当てる

保育園のどくだみ暗くある庭にお前を連れていく冬の朝

舐められた腕ひからせて公園に鬼にならないままで立ってて

氷はすぐに死んでしまうね手のひらのうえで浮かべたグラスのなかで

魚卵のいのちが真っ赤に灯る食卓でお誕生日の歌をうたった

国旗ってきれいだったなケチャップのご飯に墓標のように立ってて

ひくひくく踏切音がする道で貨物列車が母をよぎった

はじまりよ　子どもを胸に抱きながらサルビア燃える前世を捨てる

逆光のなかに立たせた母親を許す冷たい真夜のふとんで

二．生きなおす

1989　七歳

あやめ祭りの暗がりのなかべたべたの母の手のひら母の呼ぶこえ

「この子はしゃべれないの」と言われ笑ってた自分が古い写真のようで

わたしの内なる言葉を抱いてじわじわと湧くその人の汗を見ていた

1992　八月十五日は祖父の命日

「かなしそうな女のひとの顔」という心霊写真の説明よ　風

おとうとの通知表だけ見る祖父のライカのカメラを目だと思った

がん、とひくく発するときに母親がみにくい鳥のような顔する

１９９５　地下鉄サリン事件

汚いといわれたこの手（殺すとか殺されるとか）日向に翳す

尊師マーチ歌って風が吹いているベランダで書く色ペンの遺書

サリンとかサティアンだとかわたしたち語彙にスカート垂らして遊ぶ

１９９７　神戸連続児童殺傷事件

膝に膝を擦りつけながら中谷美紀の「砂の果実」を聴いていた部屋
同い年の「彼」を思えば生ぬるい私のうちは闇と呼ばれて
タンク山にのぼった、わたし、明け方の夢にあなたの顔をしていた？

2001~2004　東京、釜山、ソウル、Portland

目に痛いほどに花束　閉ざされたアメリカンエアーのオフィスの前に

エミネムの瞳の暗さを言うときのあなたをいまも胸に浮かべる

夜市に買ってもらったフェイクファーの生き物みたいな匂いよ　釜山

2005

晴海埠頭ゆく　春雨のにおいする就活スーツ張りつけてゆく

「天然の新人」として怒られて怒られてたましいを左岸に流す

ひとはこころは壊れやすくて原君の荷物「はらばこ」に詰められていく

２００８　秋葉原無差別殺傷事件

新聞紙にぶちまけられた味噌汁を彼は食べたと　耳鳴りを呼ぶ

「八十二年生まれ」の予想キーワードに「犯罪」「殺人」ならぶ星の夜

彼もまた同じ年齢であることの砂場に汚していたのもこの手

２０１１　東日本大震災、ガルマン歌会百回記念歌会

ぐわんぐわんと人の重みで軋んでた飯田橋（まだ何も知らずに）

短歌が人生に追いついてまた追い越してワンピース買う渋谷のZARAで

永井祐さんがひたすらお金を数えてたことを時給にたとえて笑う

2016

ふくらんだ邪魔なおなかで菜の花が咲くなつかしい丘を見に行く

お前が泣くとわれもしみじみ悲しくて吹き出し口の風に当たった

わたくしがつけた玩具《おもちゃ》のような名でみんながお前を呼ぶよ、熱風

２０１８　小さい人は、二歳

動くからだ縛りつけるごと抱えてく横断歩道がまっしろだった

鳩の目の鳩の目の目のまた鳩の目のくらい昼間の市民公園

わたしがきみの傷となるかもしれぬ日を思って胸を叩いて寝かす

平成へ

煙草の匂いのしていた電車見送ってさよならの降る木の下にいる

三．前世のような記憶

さよなら平熱

伏せると影のようにも見える目をもってとおく昼花火聞いていた夏

post card

恐れ入りますが、
切手をお貼り
ください

810-0041

福岡市中央区大名2-8-18
天神パークビル501

書肆侃侃房 行

□ご意見・ご感想などございましたらお願いします。

※書肆侃侃房のホームページやチラシ、帯などでご紹介させていただくことがあります。
不可の場合は、こちらにチェックをお願いします。→□　　※実名は使用しません。

書肆侃侃房　http://www.kankanbou.com　info@kankanbou.com

■愛読者カード

このはがきを当社への通信あるいは当社発刊本のご注文にご利用ください。

□ご購入いただいた本のタイトルは？

□お買い上げ書店またはネット書店

□本書をどこでお知りになりましたか？

01書店で見て　02ネット書店で見て　03書肆侃侃房のホームページで

04著者のすすめ　05知人のすすめ　06新聞を見て（　　　新聞）

07テレビを見て（　　　）　08ラジオを聞いて（　　　）

09雑誌を見て（　　　）　10その他（　　　）

フリガナ

お名前　　　　男・女

ご住所　〒

TEL（　　）　　FAX（　　）

ご職業　　　　年齢　　歳

□注文申込書

このはがきでご注文いただいた方は、**送料をサービス**させていただきます。

※本の代金のお支払いは、郵便振替用紙を同封しますので、本の到着後１週間以内にお振込みください。
銀行振込みも可能です。

本のタイトル	冊
本のタイトル	冊
本のタイトル	冊

合計冊数　　冊

ありがとうございました。ご記入いただいた情報は、ご注文本の発送に限り利用させていただきます。

泣くようにあなたに言って幼さに煙るあなたを眺めていたい

ひとり触れる両胸あつく湿ってるタオルケットのうす暗がりに

腕に腕すりつけながらナイアガラと呼ばれるさみしい火の玉を見る

人ひとり歩いていない夜の道　どくだみ摘んだ、にがい手で、ゆく

ふたりって思ったことはないけれどだんだん狭くなる夕景は

烏賊の煮汁の赤さをのせたスプーンがはたはた湯気を立てる夕刻

一重の目ふせて未来をいうときに煙みたいなこの世と思う

雨と土

いっぽんの傘をかざして半身と半身ひしめきあう雨のなか

降りかかる細い秋雨　淋しさの宿るかしこい額とおもう

ファスナーで胸元裂いてぐらぐらとわたしのなかの夕闇を出す

雨と土　あなたが老いて住む町も同じ匂いをさせるのでしょう

黒い傘ひらいてとじて魂の芯に欲望がもえていること

触ったら翳ってしまう顔だから湿った声だけ聞かせてあげる

いつまでも笑って暮らしていればいい遠く夕方がみえている窓

花粉航海

老いてゆくことの甘美よ煙草くさきエレベーターで呼吸交わして

『花粉航海』の文庫を抱いてよるべなく漂う夜のトラックを見る

セーターのしたが熱いよほの暗いオリオン通りぽつぽつゆけば

夕闇に近づいてくる特急の照らしだされた顔になりたい

戯言もわたしの耳にやさしくておいであなたの生ぬるい胸

テールランプのひかり目の奥でブレてゆく見てごらんあれは触れない海

遮断機と鳥

黄泉に向かうための手遊びのいくつかをたとえばひとは折り紙という

遮断機の向こうに立って生きてない人の顔して笑ってみせて

あなたの声の低音だけが恋しいよ　踏切、沈むように、からだは

仕方ないことだったねと笑うとき乾いた真昼の窓のようだな

くるう、って喉の奥から言ってみるゼラニウム咲きほこる冬の庭

花鋏にやどるつめたい十月のひかりに燃えろ、燃えろよと言う

とうりゃんせが耳の深くで響いてる公民館のなかの夕暮れ

大きな身体の鳥にも見える人だった黒の重たい傘をひらいて

マフラーに唾液がこもっていくように生ぬるかった雨の地下鉄

青い胸

姪っ子の手を手のひらで包むとき前世の記憶のような微熱よ

あなたたちの若い父母のなれそめの船室みたいなガススタンド過ぎる

こっくりさん教えてあげると差し出した指　あなたのも重ねてごらん

夏の花の名前をもった八歳にシャンプーはむせぶように香る

あなたの青い胸をずたずたにする人もいる世界へとはやくおいでよ

顔に当たる温度

薄いタイツはいてしゃがんでオイルくさい風に当たっている駐車場

雨水を浴びて色濃くなってゆく道路も傘もひとの背中も

ぶらさげるほかない腕をぶらさげて湯気立つような商店街ゆく

手首に咲く紫陽花そこに血が通うこと確かめる陽のふきだまり

頼りない形をしてたこともあるあなたの匂いの濃い両胸よ

玄関チャイムくすんだ音を響かせてわたしの声を隠してしまう

あざみ野の果ての暗渠よ夏服の記憶の祖母をそこに立たせる

花柄の服の模様が燃えだしてわたしを焦がす夏盛りあり

背を曲げてひかりに当たる祖母にみな記憶を吹き込むように触れゆく

名前さえ失い生きていくことのわたしに遠い川辺をおもう

鎮魂歌がとおる喉元　いがらっぽい声かばうごと手を当てている

モノクロが色彩を得る一生を歪んだように笑ってた祖母

わたしのかわりにわたしが立っているようなぬかるみおおい四辻をすぎる

廃車にさがるむらさき色のお守りの持ち主この世にいない気がする

パーカーの背中

薄着でもだいじょうぶだった日を終えて髪に山茶花のオイルをつける

夜に目になる特急よ　遠くからあなたにこんなふうに照らされたい

膝丈のヒメジョオン折りナズナ折り別れて会わぬ人たちおもう

パーカーの背中ふくらむ風のなか若さを笑っていた日々だった

生ぬるい口を開いて暗がりにあなたの動くこころ呼びこむ

自転車が走る不思議が降ってくるわたしの青く薄かった胸

眼底の川

手をつなぐたびに淋しい顔すればゆらゆら揺れる眼底の川

声遠くときどき近く物売りの声に自分の声をかさねて

女の名前よっつぽつぽつと降るようにある長命の画家の年譜に

折り畳み傘たよりない夕暮れの雨はわたしを隠してしまう

裸婦像のからだとおもう吸い付いたポリエステルの服を脱ぐとき

湿地帯でしょう　あなたの広い舌、わたしの短い舌をかさねて

ヒメジョオンの汁でつくったマニキュアでにぶく光っていた爪の先

睫毛を舐めてあげたい画用紙の陽の当たる真ん中みたくあなたが笑う

石鹼をつかえば口のなか甘く唾液を水にうすめて逃がす

三月の息子

ポケットの縫い目に胸は縁どられ心が近く遠くでさわぐ

きみが息子の顔をしている三月の枯れた芝生を引き抜きながら

菜の花を摘めばこの世にあるほうの腕があなたを抱きたいという

草くさいこれは私でないからだ　髪に絡まるメヒシバを抜く

フリスクを甘く感じるこの舌で触れてわかってきた数々よ

足首をよごす野の花　戻れない場所の住所をきみと言い合う

夕空を夜が追い抜くいっときに嘘つくときと同じ目をする

エンジンというぬるい火種を守るため取り残されている駐車場

鈍痛は遠くわたしにちらついて錆の匂いのかおる自転車

菜の花のあたまを水に沈めれば切り傷のある右手に気づく

ブローティガン

深爪をからだの先に引っかけて昼でも暗い坂のぼりきる

足裏が落ちて椿の花落ちるわたしを沈めている黒土に

バス待てばふと外国がよぎること体臭の濃いひとりとなりぬ

青葉闇　トンネルぬけてたどり着く場所をどこでも親しく思う

線香で草を燃やせば苦しさのままに縮んでゆく維管束

授かって産むことのない夏をゆくブローティガンと黄のカーディガン

あとがき

短歌を書くようになってから十九年が経った。それなのに、私には短歌が実際のところなんなのか全然わからないし、短歌が本当に自分に馴染んでいるのかさえ自信がない。それでも、短歌を書いてきたことで思いがけず流れた濃密な時間を、振り返ってうれしく思う。

思い返すと、子供の頃には怖いものがいっぱいあった。近所の釣具屋で飼われていた真っ黒な犬が、友達が私に気づかれないように向けてくるすれすれの悪意が、夕方の薄闇に透ける濁った雲が、祖母の家のガラス窓に映る人の顔の生々しさが、ぜんぶがぜんぶ怖かった。けれど、いまは怖いものなんて少ししかなくて、私は四歳になる娘の前でぱちん、と寝室の電気を消す。

暗闇のなか、娘が覚えたての英語で、あいらびゅーまま、とつぶやくのを聞くと、ここがひどく遠くて、淋しくて、くらくらする。

＊＊

家族と友人に。前歌集から引き続き装幀を担当してくれた花山周子さんに。そして、出版の機会をくださった書肆侃侃房の編集部の皆さまに、心から感謝を申し上げます。

山崎聡子

二〇二一年四月　自宅キッチンにて

本書は二〇一四年～二〇一九年までに歌誌「未来」、「短歌研究」、「短歌往来」、角川「短歌」、「歌壇」、「うた新聞」、「現代短歌新聞」に発表した短歌を中心に構成しました。また、「２・生きなおす」は、『平成じぶん歌』（短歌研究社）より一部改変・転載しました。

■著者略歴

山崎聡子（やまざき・さとこ）

1982年栃木県生まれ。

早稲田大学在学中に作歌を始め、2010年「死と放埒なきみの目と」で第54回短歌研究新人賞受賞。

2013年第1歌集『手のひらの花火』(短歌研究社)で第14回現代短歌新人賞受賞。

pool、「未来」短歌会所属。

Email　satoky2082@gmail.com

現代歌人シリーズ33

青い舌

二〇二一年七月十日　第一刷発行

著　者　山崎聡子
発行者　田島安江
発行所　株式会社　書肆侃侃房（しょしかんかんぼう）
〒八一〇・〇〇四一
福岡市中央区大名二・八・十八・五〇一
TEL：〇九二・七三五・二八〇二
FAX：〇九二・七三五・二七九二
http://www.kankanbou.com　info@kankanbou.com

DTP　黒木留実
印刷・製本　アロー印刷株式会社

ISBN978-4-86385-470-3　C0092

現代歌人シリーズ

四六判変形／並製

1. 海、悲歌、夏の雫など　千葉 聡　144ページ／本体 1,900円+税
2. 耳ふたひら　松村由利子　160ページ／本体 2,000円+税
3. 念力ろまん　笹 公人　176ページ／本体 2,100円+税
4. モーヴ色のあめふる　佐藤弓生　160ページ／本体 2,000円+税
5. ビットとデシベル　フラワーしげる　176ページ／本体 2,100円+税
6. 暮れてゆくバッハ　岡井 隆　176ページ（カラー16ページ）／本体 2,200円+税
7. 光のひび　駒田晶子　144ページ／本体 1,900円+税
8. 昼の夢の終わり　江戸 雪　160ページ／本体 2,000円+税
9. 忘却のための試論 Un essai pour l'oubli　吉田隼人　144ページ／本体 1,900円+税
10. かわいい海とかわいくない海 end.　瀬戸夏子　144ページ／本体 1,900円+税
11. 雨《ふ》る　渡辺松男　176ページ／本体 2,100円+税
12. きみを嫌いな奴はクズだよ　木下龍也　144ページ／本体 1,900円+税
13. 山椒魚が飛んだ日　光森裕樹　144ページ／本体 1,900円+税
14. 世界の終わり／始まり　倉阪鬼一郎　144ページ／本体 1,900円+税
15. 恋人不死身説　谷川電話　144ページ／本体 1,900円+税
16. 白猫倶楽部　紀野 恵　144ページ／本体 2,000円+税
17. 眠れる海　野口あや子　168ページ／本体 2,200円+税
18. 去年マリエンバートで　林 和清　144ページ／本体 1,900円+税
19. ナイトフライト　伊波真人　144ページ／本体 1,900円+税
20. はーはー姫が彼女の王子たちに出逢うまで　雪舟えま　160ページ／本体 2,000円+税
21. Confusion　加藤治郎　144ページ／本体 1,800円+税
22. カミーユ　大森静佳　144ページ／本体 2,000円+税
23. としごのおやこ　今橋 愛　176ページ／本体 2,100円+税
24. 遠くの敵や硝子を　服部真里子　176ページ／本体 2,100円+税
25. 世界樹の素描　吉岡太朗　144ページ／本体 1,900円+税
26. 石蓮花　吉川宏志　144ページ／本体 2,000円+税
27. たやすみなさい　岡野大嗣　144ページ／本体 2,000円+税
28. 禽眼圖　楠誓英　160ページ／本体 2,000円+税
29. リリカル・アンドロイド　荻原裕幸　144ページ／本体 2,000円+税
30. 自由　大口玲子　168ページ／本体 2,400円+税
31. ひかりの針がうたふ　黒瀬珂瀾　144ページ／本体 2,000円+税
32. バックヤード　魚村晋太郎　176ページ／本体 2,200円+税

以下続刊